Praise for Storyshares

"One of the brightest innovators and game-changers in the education industry."
— Forbes

"Your success in applying research-validated practices to promote literacy serves as a valuable model for other organizations seeking to create evidence-based literacy programs."
— Library of Congress

"We need powerful social and educational innovation, and Storyshares is breaking new ground. The organization addresses critical problems facing our students and teachers. I am excited about the strategies it brings to the collective work of making sure every student has an equal chance in life."
— Teach For America

"It's the perfect idea. There's really nothing like this. I mean, wow, this will be a wonderful experience for young people."
— Andrea Davis Pinkney,
Executive Director, Scholastic

"Reading for meaning opens opportunities for a lifetime of learning. Providing emerging readers with engaging texts that are designed to offer both challenges and support for each individual will improve their lives for years to come. Storyshares is a wonderful start."
— David Rose, Co-founder of CAST & UDL

Silencio

Storyshares presents

Published by Storyshares, LLC
Inspiring reading with a new kind of book.

The characters and events in this book are fictitious. Any similarity to
real persons, living or dead, is entirely coincidental.

Storyshares
Storyshares, LLC
24 N. Bryn Mawr Avenue #340
Bryn Mawr, Pennsylvania 19010-3304
www.storyshares.org

Interest Level: Post-High School
Grade Level Equivalent: 12.2

ISBN 9798885976497
Book design by Saskia Globig

Silencio

LISA ZHANG

Storyshares

TABLA DE CONTENIDO

1

Conduje el auto hasta el estacionamiento. Me giré a medias en mi asiento para mirar a mi hija. Mirarla de verdad, como solo una madre podría hacerlo.

Estaba sentada con el pelo recogido en una coleta alta y apretada. Su postura era rígida. Los dedos de sus pies apuntaban hacia arriba, como si estuvieran esforzándose por alcanzar el cielo. Sus manos estaban cerradas alrededor de las correas de su mochila.

Se veía tan bien como cualquier otra niña que

estuviera a punto de ingresar a sexto grado en una nueva escuela que hablaba un idioma extranjero. El nerviosismo que mostraba su cuerpo no se reflejaba en su rostro tranquilo.

Una oleada de orgullo recorrió mi cuerpo. Sonreí.

—¡Buena suerte! —dije en inglés. Puse toda mi emoción en esas dos palabras.

Había estudiado literatura inglesa en la Universidad Estatal de Guangdong, en China. Eso fue a finales de los ochenta. Una época en la que estaba demasiado ocupada asegurándome de llenar mi estómago todas las noches para preocuparme por mi progreso educativo.

Si hubiera sabido que nuestra supervivencia ahora dependería de ello, podría haberlo intentado más.

Adeline trató de sonreír y salió del auto sin decir palabra.

Solo llevábamos tres días en nuestro nuevo departamento, pero ya había quedado como una tonta, más que en toda mi vida. Esta mañana, unos extraños observaron con los labios fruncidos, mientras yo hacía que la cajera repitiera cinco veces cuánto era el cambio. Finalmente, ella agarró un pedazo de papel de debajo del escritorio, escribió dos números grandes con un marcador rojo y lo puso frente a mi cara. Rápidamente pagué y escapé de la tienda.

Sentí mi cara caliente de nuevo. Rápidamente escapé de esos pensamientos. Presionando una palma contra mi frente, cerré los ojos.

«Necesito un descanso», pensé. «Quizás ir a Las Bahamas sería una muy buena idea...».

Luego desvié mis pensamientos hacia un relajante vacío.

2

— 今天怎么样? (¿Cómo fue el primer día?) —pregunté tanto en chino como en inglés.

Adeline murmuró algo por lo bajo.

— 什么? (¿Qué?) —pregunté de nuevo.

«¿Estoy perdiendo la cabeza?», me pregunté. «Primero la cajera, ahora Adeline».

—Bien —dijo ella, más fuerte esta vez.

—Bueno —dije, copiando su respuesta de una sola palabra.

Estaba demasiado aliviada de que ella hablara en inglés para pensar en la vaga respuesta.

Me animé, encendí el auto y nos llevé a casa. Aunque había mil preguntas en mi mente, permanecimos en silencio.

Cuando ya no pude más, respiré hondo. Miré el reflejo de Adeline en el espejo retrovisor.

—Adeline… —comencé.

Mis ojos se entrecerraron. Se enfocaron en un objeto rectangular de bordes afilados, sostenido contra su pecho.

— 那是什么? (¿Qué es eso?) —pregunté.

—Un libro —dijo ella, apretando los brazos.

Parpadeé.

«¿Es el primer día de clases y ya quiere leer un libro de inglés?», me pregunté.

En la universidad, nuestras lecturas eran todos libros para niños: *El gato* ensombrerado era mi favorito.

Negué con la cabeza.

«Esto es demasiado bueno para ser real», pensé.

Volví a concentrarme en Adeline en el espejo retrovisor. Me estaba mirando por debajo de las pestañas. Seguramente estaba esperando mi reacción.

Mis labios se abrieron, y una amplia sonrisa apareció en mi rostro.

Sus hombros encorvados se relajaron. Realmente no tenía nada que temer. Todo lo contrario.

Olvídense de Las Bahamas. En el fondo sabía que incluso la arena más suave y el océano más azul no podrían quitarme el miedo de que mi dulce Adeline se negara a darle una oportunidad a nuestra nueva vida. Solo verla con un libro en inglés hizo que mi cabeza diera vueltas con alivio. Apenas pude mantenerme en mi carril, hasta que finalmente me detuve en el garaje.

Desabrochándome el cinturón de seguridad y girándome hacia atrás, dije: —Adeline…

Ella ya había salido del auto y corría hacia la casa.

Mis ojos se nublaron un poco.

«Está bien», decidí. «Trajo un libro. Uno en inglés».

Eso era todo lo que necesitaba para dormir profundamente esa noche.

3

La siguiente semana ocurrió lo mismo. Adeline iba a la escuela, apretaba un nuevo libro contra su pecho en el auto y subía corriendo a su habitación tan pronto como yo abría la puerta del auto. Solo salía de su habitación para comer a las 6:00 p.m.

Por supuesto que no dije nada. No quería arriesgarme a romper la magia que pudiera haber encontrado en esos libros.

De todos modos, mis intentos por conversar fallaron. Todas las preguntas que hice en chino fueron ignoradas. Cualquier otra que intenté en inglés obtuvo casi la misma respuesta. Es difícil mantener una conversación cuando todo lo que obtienes son gruñidos de una sola palabra.

Ya había llegado otro viernes, cuando golpeé la puerta del dormitorio de Adeline. Estaba reuniendo hasta la última pizca de autoridad maternal que tenía para decirle que cenara conmigo.

El silencio me respondió.

Pisando fuerte y resoplando de frustración, volví a la mesa del comedor.

Empecé a comer. Que se perdiera en sus malditos libros.

Pasó otra media hora antes de que finalmente se escuchara el clic de una puerta abriéndose. Miré a mi alrededor, mientras Adeline bajaba las escaleras. Con una elegancia inusual, caminó hasta su asiento, frente al mío.

La estudié. Sus ojos estaban muy abiertos y desenfocados.

Parecía que su mente y su cuerpo estaban en dos lugares diferentes. Supuse que su mente aún estaba en todas las páginas que estuvo hojeando.

Miró la comida. Parpadeó y luego frunció el ceño.

Me estaba poniendo un poco nerviosa.

—¿Qué? —pregunté.

Ella parpadeó de nuevo. La confusión brilló en sus ojos por una fracción de segundo. Luego se despejaron por completo.

—Nada —dijo en voz baja, y cogió los palillos.

Conversación terminada.

Seguí observándola. Sentí como si me estuviera quitando una máscara invisible que había sido cuidadosamente tejida. Era extraño en ella mantener este silencio. No había dejado que me molestara durante los últimos días, pero ahora...

«¿Por qué está actuando así?», mi mente se disparó. «¿Se estáencerrando en sí misma? ¿Se habrá dado por vencida?».

Cada pregunta era más inquietante que la anterior. Luché por deshacerme de esa incómoda sensación en la habitación.

— 学校怎么样? (¿Cómo estuvo la escuela?) —pregunté en chino y en inglés.

Recordé lo bien que ella respondía antes solo al

chino. Sus palillos se detuvieron en el aire, mientras masticaba más despacio. Contuve la respiración.

Después de unos dolorosos segundos, dijo:

—Estuvo lloviendo a cántaros todo el día, así que no jugamos afuera. Pero la clase de matemáticas fue...

Terminó la oración con una palabra que no entendí.

De hecho, toda la oración tenía poco sentido. Mi cerebro trabajóduro para traducir cada palabra, pero rápidamente me detuve.

¿Estaba lloviendo a cántaros? —repetí.

«No hay forma de que esos libros le estén quitando la capacidad de hablar correctamente, ¿verdad?», me pregunté.

—Oh, sí —dijo ella. Asintió como si estuviera diciendo algo importante.

Mi expresión debió haberse vuelto de preocupación.

Adeline espetó: —¿Qué?

Tuve la sensación de que estaba en terreno peligroso. Pensé en dejarlo pasar. No parecía un buen momento para pelear. Pero mi boca me traicionó.

— 你能不能正常说话? (¿Puedes hablar normalmente?) —dije.

Dejé mis palillos a un lado y volví a la carga. Mis ojos le dispararon dagas invisibles.

Ella solo me miró inexpresiva e inclinó la cabeza. Ese movimiento hizo hervir mi sangre con ira.

«No pretenderá que no me entiende para hacerme hablar inglés», pensé. «No esta vez».

Así que le devolví la mirada, usando la misma arma: el silencio. Dos pueden jugar el mismo juego.

Excepto que Adeline se negaba a dar tregua.

Resoplé. Al menos mantenía esa chispa de desafío, sin importar cuántos libros leyera. Una ola de repentino alivio se apoderó de mí. Fue tan fuerte que cedí.

Volví a preguntar en inglés:

—¿Puedes hablar normalmente?

—Lo estoy haciendo —respondió ella.

Nuevamente me sentí al límite.

Ahora era su turno de mirarme con preocupación.

Antes de que pudiera decir algo más, dejó sus palillos a un lado y empujó su silla hacia atrás. Pasó junto a mí y subió a su dormitorio, donde otro mundo la esperaba.

Miré mi plato, al *pop-tart* a medio comer.

Perdí todo mi apetito.

4

No hablamos durante el resto de la semana.

Mientras que Adeline estaba demasiado perdida entre sus libros para preocuparse, yo estaba enojada. Mis miradas fueron respondidas con un desinterés que solo me hizo enojar más.

No podía recordar por qué alguna vez me sentí aliviada de ver a Adeline apretando un libro contra su pecho como un salvavidas. Ahora los culpaba por la brecha cada vez mayor entre nosotras.

Todavía estaba perdida en mis pensamientos,

mientras manejaba de regreso de dejarla en la escuela. Recordé que era lunes. Tiempo de sacar la basura.

Con un gran suspiro, subí las escaleras hacia la habitación de Adeline. Ya estaba temiendo lo que encontraría.

Libros de todas las formas y tamaños estaban esparcidos por el suelo y en todas las superficies. Se me hizo un nudo en la garganta.

«Esto ha ido demasiado lejos», dijo una voz dentro de mi cabeza.

«¿Pero no es esto lo que querías?», preguntó otra voz.

Sacudí la cabeza. No seguiré mirando. Avancé hasta el bote de basura en la esquina más alejada. Estaba medio escondido debajo de la cama.

Fui a alcanzar el bote de basura, pero algo me llamó la atención. Entre un mar de papel blanco arrugado, destacaba un pedazo de color rosa. Era del tamaño de una pelota de tenis, como si alguien lo hubiera aplastado con todas sus fuerzas.

Lo saqué con cuidado, temblando cuando metí la mano en la basura. Desplegando el papel, alisé los bordes arrugados.

Se podía leer "Noche de padres, 30 de septiembre, 6-8 pm" impreso en letras grandes y negras en la parte superior.

Inhalé fuerte. Eso había sido hacía dos semanas.

«¿Por qué no me lo dijo Adeline?», me pregunté. Esta habría sido una gran oportunidad para conocer a nuestros vecinos.

Cerré los puños. Cuando Adeline volviera, tendría algunas cosas a las que responder.

5

Hubo un golpecito en la ventana. Abrí la puerta del coche.

Adeline se deslizó en el asiento trasero, en silencio como siempre.

Yo estaba igual. Si abría la boca, probablemente habría empezado a gritar.

Conduje hasta el garaje y apagué el coche. Solo esperé.

Adeline jaló la manija de la puerta para escapar a su habitación, pero la detuve.

— 等一下 —dije—. 我有事情要跟你说. (Espera, necesito hablar contigo.)

Tal vez fue mi voz demasiado tranquila, o mi expresión asesina, pero Adeline obedeció. Entramos juntas a la casa y me siguió a la sala de estar.

Le hice señas para que se sentara. Ella se sentó.

Sin decir nada, saqué el papel rosa del bolsillo de mi chaqueta. Lo puse sobre la mesa.

Sus ojos se abrieron.

Eso lo demostró. Ella lo sabía y no me lo había dicho.

— 你为什么没有告诉我？ (¿Por qué no me dijiste?) —pregunté. Adeline se mordió el labio.

—Lo olvidé —murmuró.

Resoplé. La excusa más patética que el mundo haya conocido jamás. Ella quería evitar el tema, pero mi paciencia se había agotado.

Le dije en inglés, su idioma preferido:

—Si no me dices la verdad, me llevaré todos tus libros.

En el momento en que esas palabras dejaron mi lengua, supe que la molestaría. Se inquietó. Sus fosas nasales se ensancharon.

Bien. La desesperación es una forma de hacer que la gente sea honesta. No era la manera más misericordiosa, pero ya había pasado ese punto.

Ella me espetó:

—No habrías sido útil de todas maneras, entonces, ¿qué sentido tiene?

Parpadeé. Eso fue inesperado.

—¿Qué quieres decir? —pregunté.

Adeline respiró hondo y continuó:

—Dudo que hubieras entendido nada de lo que dijeron, así que no sentí la necesidad de decírtelo.

Eso me hizo parpadear de nuevo. Las palabras resonaron en mi oído, pero no las asimilé. Hablaba demasiado rápido.

— 什么? (¿Qué?) —pregunté.

Parecía que Adeline acababa de probar su punto.

Habló de nuevo, arrastrando cada palabra y haciendo una pausa entre ellas.

—Yo... dudo... que... tú... hubieras... entendido...
qué... estaba... pasando —dijo.

No reaccioné ante la rudeza de su tono, espe-
cialmente cuando finalmente comprendí el signifi-
cado de sus palabras. Parpadeé de nuevo, pero
esta vez no fue por confusión. Tantos pensamientos pasaban por mi cabeza a la vez que me re-
sultaba difícil respirar.

Cuando me recompuse y recuperé mis sentidos,
Adeline ya se había ido.

Sabía que mis habilidades en inglés no eran flui-
das. Adeline había dicho la verdad. Aunque decir-
lo en voz alta dolió un poco, eso no fue lo que me
sorprendió. Era la idea detrás de lo que dijo.

Soy la culpable. Debería saberlo todo. No estoy
haciendo lo suficiente.

«No», pensé. Sacudí la cabeza. «Esto no está
bien en absoluto».

Necesitaba un plan, y rápido.

Una hora más tarde, salía de la librería. Sostenía
una nueva copia de un diccionario francés Col-
lins-Robert.

6

Esperé.

Mi plan dependía de que Adeline me hablara primero. Necesitétodo mi autocontrol para no decirle una palabra durante otros tres días.

«Ella realmente no quiere tener nada que ver conmigo», pensé. Fue un pensamiento amargo que aparté rápidamente.

Por fin, mi silencio fue recompensado una calurosa tarde de viernes. Estaba relajándome en el sofá, revisando mi teléfono, cuando Adeline bajó las escaleras.

Era una visión muy rara, pero no reaccioné a su presencia. Es decir, hasta que sus pasos se sintieron muy cercanos.

Todavía no reaccioné. Pero pensé para mis adentros: «Llegó el momento. Juega bien tus cartas»

—¿Puedo ir a la casa de Clare mañana? —preguntó finalmente—. Es fin de semana.

Diciendo claramente cada palabra, respondí:— *Non, tu ne peux pas.* (No, no puedes).

Ella parpadeó. Casi podía ver su pequeño cerebro trabajando para averiguarlo.

—¿Qué? —preguntó.

Repetí:

—*Non, tu ne peux pas.*

—¿Qué estás diciendo? —preguntó Adeline, frunciendo el ceño. Parecía perturbada. Bien.

—*Tu dois arrêter.* (Tienes que parar). —fue mi respuesta.

Ella dio un paso atrás. Ahora parecía preocupada.

—¿Estás loca? —preguntó. Su voz temblaba,

solo un poco—.¿Puedes hablar normalmente?

Casi pierdo el control. ¿Hablar normalmente? ¿Hablar normalmente? Ella había sido la que se negó a hablar su idioma nativo durante el último mes.

Sentí mi sangre hervir. Casi olvido las pocas frases que logrémemorizar. Mi progreso fue lento y patético, pero había aprendido lo suficiente para probar mi punto.

Repetí la palabra que mejor mostraba mi enojo:— *Non*. (No).

Adeline tuvo el descaro de parecer igual de enfadada.

—No sé lo que estás haciendo —dijo—, pero tienes que detenerlo.

Me negué.

—*Un, deux, trois, quatre, cinq, six, sept…* —empecé a cantar los números. Mi voz se elevaba en el aire.

—¡Detente! —Adeline gritó—. 停！你怎么回事？ ¡Alto! ¿Qué te pasa?

Chino. Finalmente.

Resoplé, un sonido mezclado con ira y alivio.

— 你还会说啊? (¿Aún puedes hablar chino?) — pregunté.

Adeline preguntó después de un momento de silencio:

— 你想要什么? (¿Qué quieres?)

— 说中文 —dije.

Una petición sencilla.

Habla chino.

Era algo que no debería ser difícil de aceptar si respetaba a su madre y su herencia.

Ella pensó por otro momento. Entonces respondió:

—Lo intentaré.

Me agarró desprevenida. El acuerdo fue tan rápido que no me importó que volviera a hablar en inglés. Había venido preparada para la batalla, no para una tregua pacífica sin derramamiento de sangre.

Le pregunté si hablaba en serio, incluso si eso

me hacía sonar como una idiota.

—Sí —dijo Adeline, suspirando.

Fue una exhalación larga y pesada a través de su nariz lo que me hizo parpadear de sorpresa otra vez. Ese movimiento la hizo parecer diez años mayor.

—Creo que sé lo que estás tratando de decir —explicó—. Es difícil. Siempre he querido encajar, ahora más que nunca. Penséque te interpondrías en eso. Así que me mantuve alejada. Pero supongo que no es justo para ti, ya que no tienes la culpa de nada. Así que intentaré ser mejor.

Ella se encogió de hombros, despreocupada.

Eran más palabras de las que Adeline me había dicho en toda la semana, aunque solo entendí la mitad.

«Para ella realmente se está volviendo natural», pensé para mí.

Cuando esperaba a que me golpeara otro momento de

preocupación, finalmente no hubo ninguno. Fue entonces cuando me di cuenta de que no había nada de lo que tuviera que preocuparme.

Sí, Adeline y yo nos estábamos distanciando. Sí, ahora permanecíamos más calladas en presencia de la otra. Pero aun podríamos tener una buena relación madre-hija.

Ese vínculo nunca se rompería, aunque pudiera cambiar.

Así que volví a mirar a mi hija. Dejé que entrara en mis ojos más calor del que le había dado a ella durante la última semana.

Dije: —Ambas lo intentaremos.

Acerca de la autora

Lisa es una ferviente escritora que se mudó de China a Irvine, California en sexto grado. Le encanta leer, jugar voleibol y hacer ejercicio en su vecindario. Espera difundir el amor y la alegría a través de la escritura de artículos de ficción, no ficción y de opinión.

Sobre el editor

Storyshares es una editorial dedicada a apoyar a millones de adolescentes y adultos con dificultades de lectura, creando una nueva sección en la biblioteca específicamente para ellos. Nuestra colección, en constante crecimiento, ofrece contenido atractivo y culturalmente relevante para adolescentes y adultos, accesible en una variedad de niveles de lectura más bajos.

Storyshares genera contenido interactuando estrechamente con escritores, formando una comunidad para crear este nuevo tipo de libros. Con historias más intrigantes y accesibles, los adolescentes y adultos que se han quedado rezagados están mejorando sus habilidades y descubriendo el placer de la lectura. Para obtener más información, visite storyshares.org.

Fácil de leer. Difícil de dejar a un lado.

www.ingramcontent.com/pod-product-compliance
Lightning Source LLC
Chambersburg PA
CBHW072234190626
46809CB00017B/1995